CAUSES

DE LA

DÉCADENCE DES THÉATRES

A MARSEILLE

LE CASINO, L'ALCAZAR, LE CHATEAU DES FLEURS.

RÉPONSE

à la brochure

QUESTION D'AVENIR

publiée

dans l'intérêt des Cafés-Chantants.

Prix : 1 franc.

MARSEILLE

IMPRIMERIE VIAL, RUE THIARS, 8.

1859

CAUSES

DE LA

DÉCADENCE DES THÉATRES

A MARSEILLE

—◇◇◇—

LE CASINO, L'ALCAZAR, LE CHATEAU DES FLEURS.

————◇—◆—·—————

Tous les esprits éclairés, tous ceux pour qui l'art
n'est pas un vain mot, se préoccupent avec raison de
l'état de marasme, nous pourrions dire de ruine de nos
théâtres, triste condition qui s'aggrave de jour en jour.

Cet état de choses regrettable occupe depuis longtemps
déjà l'attention de l'autorité et des hommes compétents.
On a cherché à en découvrir les causes, afin d'y apporter
un remède salutaire, car ce mal ne peut être incurable
dans un pays où l'amour du beau se manifeste si ouver-
tement dans les moindres détails de la vie.

Plusieurs causes ont été signalées ; tout d'abord, on
a cru les avoir trouvées dans la pénurie des véritables
artistes, dont le nombre se restreint chaque jour davan-
tage, et par suite, dans l'élévation des prix auxquels
ces rares interprètes de l'art lyrique côtent, aujourd'hui,
la rémunération de leur talent.

Sans doute, il y a là une augmentation de dépenses dont il faut tenir compte ; mais, il nous semble que, vouloir en faire dériver la cause unique de la ruine des principales scènes de province, c'est faire fausse route.

A mesure que les prétentions des artistes se sont élevées, nous le reconnaissons, dans des proportions énormes, les directeurs de théâtres ont, à leur tour, employé tous les moyens imaginables pour augmenter le chiffre des recettes. A Marseille, par exemple, le prix des places a été successivement élevé, et celui des loges a suivi à peu près le même degré d'ascension que les appointements des artistes.

L'augmentation de la population est venue, à son tour, élever, légèrement il est vrai, le chiffre des recettes casuelles (1), et très certainement cette augmentation croissante de la population eût suffi pour équilibrer les dépenses rendues nécessaires par la rareté des artistes, sans les causes que nous allons signaler, et qui ont pour effet de détourner le public de la fréquentation des théâtres.

Cette cause principale, dominante, qu'il faudrait être aveugle pour nier, c'est la concurrence désastreuse, ruineuse, que font aux théâtres, depuis quelques années, le *Casino*, l'*Alcazar* et le *Château-des-Fleurs*.

---

(1) A l'exception de l'année dernière qui présente une diminution de 68,000 francs.

Il est bon de rappeler que depuis 1846, époque de la déconfiture de M. Clérisseau, les théâtres de Marseille avaient marché jusqu'à ce jour, sinon d'une manière très prospère, *du moins ils avaient fait,* comme on dit, *honneur à leurs affaires.*

Le désastre qui vient de frapper si malheureusement nos théâtres, par suite de la déclaration de faillite de MM. Chabrillat et Tronchet, laissant après eux un passif de plus de 150,000 francs, a dû éveiller l'attention de tous les hommes qui prennent au sérieux l'art, le théâtre et son avenir.

Si le mal présent est sans remède, si des artistes dignes d'intérêt, si des pères de famille doivent perdre, par suite de cette faillite, le fruit de leur labeur, il est du devoir de tous de rechercher, de prévoir, ce qui peut assurer l'avenir contre le retour de pareille catastrophe.

A quelque chose malheur est bon, dit un vieux proverbe ; puisse-t-il, en cette circonstance, devenir une vérité !

Les observations que nous allons présenter au public n'eussent jamais vu le jour, peut-être, sans la publication malencontreuse d'une brochure rose, jetée à profusion dans la ville par Messieurs les propriétaires des *cafés-chantants,* dûe à la plume d'un avocat, et ayant pour titre : QUESTION D'AVENIR, *des Théâtres, des Établissements publics, des Cafés-Concerts à Marseille.*

Avant de prendre corps à corps chacun des arguments

peu sérieux de cette brochure, qu'il nous soit permis, afin de bien éclairer la question qui va nous occuper, de poser les principes qui régissent les théâtres, et de signaler la tolérance qui laisse exister les *cafés-chantants*.

Nous ne remonterons pas à l'origine des théâtres, ou du genre tragique ; elle se perd dans la nuit des temps : pour quelques auteurs, elle précède la lutte poétique d'Homère et d'Hésiode. Nous n'entendons remonter qu'à l'origine légale.

L'Assemblée Constituante, dans sa séance du 19 juin 1791, biffa d'un trait de plume toutes les entraves mises à la liberté de la pensée, de la parole et de la presse. Le théâtre fût proclamé une industrie libre comme toutes les autres.

Jouer *tout* et *partout,* fut la seule maxime de ce droit nouveau.

Cette liberté illimitée porta ses fruits. La concurrence fut désordonnée à Paris, quarante théâtres ouvrirent leurs portes chaque soir. L'art et les traditions littéraires y perdirent bientôt, dans l'intérêt de la concurrence, le bon goût et la pureté de la forme ; tout dépérissait ou s'écroûlait devant les témérités des spéculateurs.

Le théâtre vécut ainsi en pleine liberté, mais l'art était perdu, jusqu'au jour où la main puissante de Napoléon vint mettre un frein à toutes ces licences, à tous ces abus.

Le premier décret qui organisa le théâtre, est à la date

du 8 juin 1806. Le règlement du 25 avril 1807, rendu en exécution du décret du 8 juin, détermina l'existence des théâtres d'une manière générale : le décret du 29 juillet 1807, sacrifia sans pitié les droits acquis par la loi du 1794 en ordonnant la fermeture du plus grand nombre des théâtres.

L'organisation des scènes départementales fut remaniée par un règlement du 15 mai 1815, et ensuite par une ordonnance du 8 décembre 1824 ; c'est cette dernière ordonnance qui est encore en vigueur.

C'est le décret de juin 1806 qui soumet aux dispositions générales de la législation des théâtres, les diverses entreprises connues sous le nom de· concerts, bals, panoramas, etc., etc.

Par suite de cette législation, les théâtres ont vécu et vivent encore en vertu d'un privilége, et les spectacles de curiosités, dans lesquels se trouvent classés les cafés-chantants, en vertu d'une simple autorisation toujours révocable.

Les cafés-chantants existèrent donc modestement à leur début, sans rideaux d'avant-scène, sans décors ; leur scène était une simple estrade de 70 centimètres d'élévation, sur laquelle devaient *poser* les chanteurs. Défense leur était faite de jouer ni comédie, ni vaudeville, ni opéra, ni ballet ; point de chœurs, de comparses, de mise en scène, de costumes ; leur répertoire était restreint à la romance, à la chansonnette, aux duos sans partie parlée : l'orchestre ne devait avoir que 12 musiciens, sans instruments bruyants.

Telles étaient les conditions imposées aux cafés-chantants ; elles existent encore aujourd'hui.

Plus tard, l'ambition de ces établissements s'éleva avec leurs titres prétentieux ; ils s'appelaient *Casino, Concerts,* Cafés-chantants ? allons donc !

Ils firent invasion dans le domaine lyrique, pillèrent les meilleures partitions, et sans respect pour l'art et les maîtres, firent insulter sur leurs tréteaux les chefs-d'œuvre des grands compositeurs.

Cette brutale intrusion dans le genre lyrique, les prétentions des *directeurs* de cafés-chantants (ils commençaient déjà à s'appeler *directeurs*), éveillèrent l'attention de l'autorité supérieure, et à la date du 25 septembre 1852, la circulaire ministérielle suivante fut adressée à MM. les Préfets :

« Je suis informé que dans les départements les « établissements connus sous le nom de *cafés-concerts* « font aux théâtres un tort considérable ; dans les « grands centres de population surtout, ils se sont mul- « tipliés d'une manière extraordinaire, et, ce qui rend « leur *concurrence redoutable* et *ruineuse* pour les entre- « prises dramatiques, c'est qu'on y chante les morceaux « les plus remarquables des opéras nouveaux. Il y a là « un *abus* qui soulève de justes réclamations et qui « doit être *réprimé.* A Paris le répertoire des théâtres

« lyriques est interdit aux *cafés-chantants;* leur pro-
« gramme ne se compose que de *chansonnettes* ou
« *romances,* à une ou deux voix. Il est nécessaire que
« l'exploitation des *cafés-chantants* des départements
« soit *circonscrite dans les mêmes* limites... *sans costume,*
« *ni mise en scène,* etc.

Le 6 avril 1853, autre circulaire ministérielle ajou-
tant : « *Les cafés-chantants sont classés comme débit de*
« *boissons. — Ne devra* être toléré à l'orchestre *l'usage*
« d'aucun instrument bruyant. »

Eh bien ! maintenant reportons-nous à 1852 et
voyons ce qu'étaient alors les cafés-chantants, qui déjà
faisaient signaler par le ministre *leur concurrence redoutable et ruineuse* pour les entreprises dramatiques, et les
abus qui devaient être réprimés. Comparons-les à ce
qu'ils sont aujourd'hui : si alors qu'ils n'étaient que *des
bouges infects,* qu'on décorait du titre de *cafés* (c'est le
défenseur des cafés-chantans qui le dit, page 13) ils
étaient déjà assez redoutables pour éveiller l'attention
du ministre ; s'ils menaçaient l'existence des théâtres,
que sont-ils aujourd'hui, qu'ayant changé de nom ils
ont aussi changé de forme ? Ce ne sont plus *les bouges
infects* dont vous parlez, Monsieur le défenseur, ce sont
de véritables théâtres, avec loges, galeries, et par consé-
quent bien autrement redoutables pour les entreprises
dramatiques. Ignorez-vous que depuis bientôt trois
ans, c'est-à-dire depuis l'ouverture du Casino et de

l'Alcazar, il n'est pas arrivé une seule fois au Gymnase de rendre de l'argent, tandis qu'auparavant cela arrivait presque tous les dimanches et jours de fête, et que pendant que la salle du Gymnase était à moitié vide, on se battait à la porte du Casino pour aller voir les *Folichons ?*

Oui, le Ministre avait raison alors, et il a bien plus raison aujourd'hui. Là est le danger qui menace l'avenir du théâtre et des artistes, si l'on n'y met un frein.

Tenterait-on de nier que le *Casino* et *l'Alcazar* soient de véritables théâtres ? Est-ce qu'on n'est pas *forcé* de prendre son billet au bureau pour monter dans les galeries ? Est-ce qu'on ne loue pas *des loges* à la soirée, car ces *débits de boissons* ont des loges. Leurs salles spacieuses ne contiennent-elles pas plus de monde que nos théâtres ? Les artistes posent-ils sur une estrade de 70 centimètres de hauteur ? Non ! Il y a dans chacun de ces établissements une scène de 12 à 15 mètres de largeur sur autant de profondeur, avec rampe, décors, accessoires, mise en scène, un rideau qui se lève et se baisse plusieurs fois dans la soirée, enfin tout ce qui constitue un véritable théâtre.

L'orchestre se compose-t-il de douze musiciens, ainsi que le prescrit le réglement ? Ne renferme-t-il aucun instrument bruyant ? Non, on y compte de 30 à 40 musiciens, avec cuivres, grosse caisse, cymbale, etc.

Que fait cet orchestre ? Se borne-t-il à accompagner les chanteurs ?.. Le Ministre interdit formellement le répertoire des théâtres lyriques ; mais qu'est-ce que le Ministre pour ces puissants *directeurs* de *cafés-concerts ?* L'orchestre y joue chaque jour les ouvertures des meilleurs ouvrages du répertoire lyrique : *Guillaume-Tell, Haïdée, la Sirène,* etc. A moins toutefois qu'on ne veuille prétendre que l'ouverture ne fait pas partie du répertoire lyrique. — Monsieur le défenseur des cafés-chantants en est bien capable !

Que se passe-t-il sur la scène ? Le répertoire chantant se borne-t-il à *à la chansonnette, à la romance à une ou deux voix, sans partie parlée, sans costumes, ni mise en scène ?* — ainsi que le prescrit la circulaire de 1852.

Pour quoi prenez-vous donc, s'il vous plaît, les cafés-concerts? On y chante tout ce qu'il plaît à leurs *directeurs,* entendez-vous !.. Les grandes scènes dialoguées, des scènes de comédies à deux ou trois personnages avec accessoires et mise en scène, le *Punch Grassot,* par exemple. On y chante même l'opéra, mais d'une manière détournée ; nous avons entendu au Casino chanter le grand air des *Dragons de Villars,* annoncé sur l'affiche sous le nom de *Rose Friquet.*

Et tout cela se pratique en *costume.* Nous nous rappelons avoir vu, il n'y a pas bien longtemps, un ténor en costume de Henry III, l'épée au côté, chanter un duo d'amour avec une jeune princesse en crinoline ébouriffante. Pour ce méfait le directeur a été mis en contravention et condamné en simple police; non pour la crinoline.

Est-ce tout?.. Au Casino, sous le prétexte de *concerts lyriques*, on exhibe tantôt des nains, tantôt des géants; tout comme dans les barraques de la foire.

La danse est expressément défendue; voici le procédé employé pour éluder la défense:

On engage des danseurs, des danseuses surtout, *Espagnoles* le plus possible. Cette danse, toujours *morale*, exécutée par des dames qui placent tout leur talent dans la façon de lever plus ou moins haut la jambe, obtient le plus grand succès de la part des véritables amateurs. Ces *chanteurs*, ou ces *chanteuses*, se présentent sous un costume de danse: je ne dis pas, chantent, ni même essayent de chanter, non! ils baragouinent 4, 6 ou 8 mesures dans le jargon que vous voudrez, puis dansent un pas de *plusieurs* qui dure un quart d'heure, vingt minutes. Dans le langage des cafés-chantants cela s'appelle: *chanter des jambes.* Pour ceux qui ne sont pas initiés, c'est de la mauvaise danse, mais enfin c'est de la danse.

Que peuvent encore ici les instructions de l'autorité supérieure! Messieurs les *directeurs* veulent faire danser, et on danse sur leurs théâtres.

Nous le demandons de bonne foi, est-ce bien là la définition des *cafés-chantants, débits de boissons* déterminée par la loi? Non! ce sont bien réellement de véritables théâtres dans toute l'étendue de leurs privilèges.

Il est vrai que cette brochure, publiée dans l'intérêt de ces pauvres établissements, ose avancer qu'ils sont inoffensifs, et que le théâtre ne vit que par eux. Nous répondrons un peu plus loin à cette facétie.

Dirons-nous un mot du Château-des-Fleurs? Il le faut bien, puisque l'avocat des cafés-chantants s'est chargé aussi de le défendre. Au surplus, sous son titre parfumé, le Château-des-Fleurs n'est autre chose qu'un *débit de boissons;* ne m'en veuillez pas, Messieurs les directeurs, ce n'est pas moi, c'est le Ministre qui a l'impolitesse de vous qualifier ainsi.

Quant à cet établissement, qui n'est pas hors ville, ainsi qu'on essaye de le dire, c'est bien différent, ce n'est pas un théâtre, c'est plus qu'un théâtre! Les scènes privilégiées ont des limites déterminées par le genre auquel elles appartiennent. Ainsi, par exemple, le Gymnase ne pourrait pas représenter l'opéra, ni le Grand-Théâtre jouer le vaudeville, si ces deux scènes étaient exploitées par deux administrations distinctes, comme jadis. Eh! bien, au Château-des-Fleurs, tous les genres sont représentés sans restriction : grand opéra, opéra-comique, opérette, ballet, vaudeville, drame, mimodrame, etc., que sais-je? L'affiche-programme de l'année dernière annonçait tout cela avec 260 noms d'artistes à l'appui. Il est vrai qu'à cette époque les directeurs du Château-des-Fleurs et du Casino étaient quelque peu directeurs des théâtres en compagnie de M. Danican.

Ensuite, cet établissement, dans lequel on ne peut entrer sans payer son billet au bureau, donne des *concerts,* des *bals* de jour et de nuit, même *travestis*, en plein mois de juillet : cela s'appelle dans ce lieu le *Carnaval d'été.* Comme si ce n'était pas assez des saturnales du Carnaval sans vouloir encore les renouveler en été. Est-ce par respect pour la morale, Monsieur l'avocat?

On y brûle des feux d'artifices, on y lance des ballons, les fêtes commencées de jour se prolongent jusqu'au lendemain, et cela quoique l'établissement soit bien réellement en ville.

Oh ! si un malheureux cafetier ou restaurateur se permettait de dépasser de cinq minutes les réglements de police, vite une contravention ! le théâtre lui-même est traité avec la même rigueur ; mais le Château-des-Fleurs ? Il est libre de ne fermer jamais s'il y trouve son intérêt. N'est-ce pas que ces pauvres directeurs de *débits de boissons* sont bien à plaindre et qu'ils ne jouissent d'aucun privilége?

Quel mal font-ils après tout. Ils sont modestes dans leurs prétentions, pourvu qu'ils aient la liberté de tout faire.

Ils ne demandent rien à personne, pas même une subvention à la ville qui la leur devrait bien, en bonne justice.

Ils emplissent les coffres de l'octroi ; la redevance qu'ils paient aux pauvres *permet à la ville de leur faire des largesses.* C'est la brochure qui le dit.

Et on a l'audace, devant de pareilles générosités, de plaider la cause des pauvres et celle du théâtre qui se meurt ; il faut être fou !

Voici le raisonnement puissant de logique que nous avons entendu de l'un des intéressés :

— Le théâtre réclame, mais il a tort, et de quel droit réclame-t-il ? Est-ce que nous n'avons pas autant de *droits* que lui ? La ville devrait, quand un directeur se présente, lui dire : le Casino, l'Alcazar et le Château-des-Fleurs existent, prenez en votre parti ; s'ils vous nuisent, dirigez chez vous comme il vous plaîra, et ne vous préoccupez pas autrement de tout ce qu'ils voudront faire.

Et cet intelligent commerçant semblait tout étonné de s'entendre répondre :

— Le théâtre existe en vertu d'un privilége conféré par la loi, tandis que les cafés-chantants ne vivent que par tolérance et un peu d'abus, et que jamais le droit ne peut découler de l'abus ni de la tolérance.

— Moi, j'ai aussi ce que vous appelez un privilége, répliquait-il.

— Voilà toute l'erreur : vous n'exploitez qu'en vertu d'une autorisation toujours révocable ; car, le droit d'accorder comporte nécessairement celui de révoquer.

Cet aimable directeur ne put s'empêcher de dire que cet argument était absurde, et qu'il ne voulait pas s'y soumettre.

Nous avons vu comment ces *pauvres* établissements sont traités sous le rapport des libertés qu'on leur refuse; nous allons voir s'ils sont *plus* heureusement traités sous le rapport pécuniaire.

Tout le monde sait qu'il existe un impôt désigné sous le nom de : *Perception des pauvres;* que cet impôt frappe du onzième sur la recette brute du théâtre, et du quart sur tous les autres genres de spectacles publics : *concerts, bals,* etc.

Ce que tout le monde ne sait pas et ce qu'il est important de bien faire connaître, c'est que MM. les directeurs de théâtres *ou autres,* ne donnent aux pauvres rien de leur avoir, que cette part des pauvres est payée par le spectateur lui-même ; en la restituant entièrement, MM. les directeurs font de la générosité avec la bourse de tout le monde.

Nous allons voir maintenant comment MM. les directeurs du Casino, de l'Alcazar et du Château-des-Fleurs, entendent payer cet impôt.

Encore quelques mots empruntés au domaine du droit et de l'histoire ; ce seront les derniers.

L'impôt des pauvres est fort ancien en France ; il ne fut pas établi dans son origine, dans le but de faire contribuer les plaisirs publics au soulagement des malheureux. Cette grande pensée philantropique, qui est celle de la loi moderne, appartient à Louis XIV.

Une ordonnance du 25 février 1699 en consacre l'existence par ces motifs :

« Le Roi, voulant contribuer au soulagement des « pauvres dont l'Hôpital Général est surchargé, a cru « devoir leur donner quelque part aux profits considé- « rables qui reviennent des opéras de musique et comé- « dies qui se jouent à Paris par sa permission. Il or- « donne, en conséquence, qu'il sera levé et reçu, au « profit dudit hôpital, un sixième des sommes qu'on « reçoit à présent et qu'on recevra à l'avenir pour l'en- « trée. »

Un arrêt du Conseil, du 18 juin 1757, réduisit ce droit au neuvième de la recette en faveur de l'Hôpital Général.

L'impôt des pauvres fut aboli par la loi des 4, 5 et 6 août 1789 ; mais à peine était-il aboli que le législa- teur le fit revivre par des voies indirectes : la loi des 16 et 24 août 1790 chargeait l'autorité municipale d'auto- riser les exploitations théâtrales, à la condition d'établir une redevance en faveur des pauvres, redevance indé- terminée et dont la quotité devait varier suivant l'impor- tance des théâtres.

Un arrêté du 2 nivôse an IV, invitait les théâtres à donner tous les mois une représentation au profit des pauvres.

2

Cet état de choses fut maintenu jusqu'à la publication de la loi du 7 frimaire an V, et enfin généralisé par celle du 8 thermidor an V.

L'art. 1er de la loi du 7 frimaire portait :

« Il sera perçu un dixième par franc en sus du prix
« de chaque billet d'entrée pendant 6 mois, dans tous
« les spectacles où se donnent des pièces de théâtre, des
« bals, feux d'artifices, concerts, courses et exercices de
« chevaux, pour lesquels les spectateurs payent. »

L'art. 2 de la loi du 8 thermidor éleva l'impôt au quart de la recette, pour les *bals, feux d'artifices, concerts, courses* et autres fêtes où l'on est admis en payant.

Ce droit de perception qui n'était d'abord établi que pour les six premiers mois, fut prorogé depuis par des lois et décrets, jusqu'au décret du 9 octobre 1809, qui déclara le maintenir indéfiniment.

Examinons la pensée du législateur ; que dit la loi de frimaire an V : *Il sera perçu un décime par franc,* EN SUS, *au profit des pauvres.*

Donc, que cet impôt soit du dixième ou du quart, la loi le dit formellement : il sera payé EN SUS par le spectateur. L'entrepreneur ne donne rien du sien ; car, il a eu le soin de le faire payer d'avance par le public.

Qu'il soit bien entendu, bien établi, une fois pour toutes, que, pas plus les directeurs de théâtres, que MM. les entrepreneurs de cafés-concerts, *ne donnent rien aux pauvres, que c'est le public seul qui paye.*

Les uns comme les autres, entendez-vous bien, vous n'êtes que les *dépositaires momentanés* de cet impôt, payé en vos mains par le public, et dont vous devez faire remise entière aux pauvres.

Cet impôt, payé EN SUS, ne doit rester dans vos mains que provisoirement et à titre de *dépôt forcé*. Vous ne le recevez qu'avec mission d'en faire un *emploi déterminé*. Vous n'avez donc pas le droit, n'importe l'excuse ou le moyen, de vous en approprier la plus légère partie ; car ce serait commettre un détournement au profit des pauvres, et le détournement est qualifié par la loi.

Messieurs les directeurs de cafés-chantants voudraient-ils soutenir encore une fois cette vieille prétention que, ne délivrant pas de billets à la porte, ils ne sont pas soumis à la perception au profit des pauvres ?

Leurs prétentions vont bien plus loin. Ils soutiennent que les lois du 7 frimaire et 8 thermidor an V ne leur sont pas applicables, parce qu'elles ne parlent pas des *cafés-concerts ;* c'est jouer sur les mots.

S'il pouvait y avoir le moindre doute à cet égard, la décision du Conseil d'État du 26 novembre 1852, s'est chargé de le changer en certitude :

« Les cafetiers qui organisent dans leurs établisse-
« ments des concerts quotidiens, dont le prix d'entrée
« est compris dans celui des consommations, sont passi-
« bles du droit des pauvres établi par la loi du 7 fri-
« maire et 8 octobre an V, et le décret du 9 décembre

« 1809 ; c'est-à-dire du quart de la recette brute. »

Cela est-il suffisamment clair et précis? Est-il besoin d'autres preuves?

Vous devez le droit des pauvres déterminé par la loi du 8 thermidor an V, au quart de la recette, parce que vous exploitez un spectacle public ; c'est le principe. Vous le devez doublement, parce que, quoi que vous en disiez, vous faites payer un droit d'entrée.

On le paye d'avance, en prenant son billet pour monter dans les galeries ou dans les loges ; et on le paye après, si on se borne à rester dans la salle.

M. l'avocat des cafés-concerts ne contestera pas l'obligation de prendre *son billet payant,* pour avoir accès dans les galeries et les loges ! Je lui accorde tout de suite qu'on ne paye rien en entrant dans les autres parties de la salle.

On ne paye pas d'avance, c'est vrai ; mais on paye ensuite, et voici comment :

Le prix des consommations qui pendant le jour est conforme à celui des autres cafés, *est double le soir, pendant la durée du concert.*

Pourquoi double-t-il le soir, si ce n'est pour dissimuler le prix d'entrée? Ce serait faire offense au lecteur que d'insister plus longuement sur de pareilles démonstrations

Nous avons tenu à bien établir la perception du droit

des pauvres, afin de pouvoir en demander une plus juste et équitable application.

Quant au principe, les cafés-concerts ne pourraient plus logiquement le contester; ils l'ont reconnu, en souscrivant un abonnement que nous ne craignons pas de traiter de déplorable, pour les pauvres.

Le Château-des-Fleurs paye 3,000 francs par an ; le Casino 3,600 fr., et l'Alcazar 2,400 fr.

Ces abonnements sont établis en prenant pour recette moyenne :

Au Château-des-Fleurs.	12,000 fr.
Au Casino.	14,000 »
A l'Alcazar	9,600 »

Soyons de bonne foi, y a-t-il le moindre rapport entre ces chiffres et celui des recettes de ces trois établissements ?

Est-ce qu'il n'est pas notoire à Marseille que le Château-des-Fleurs et l'Hippodrome réunis font au minimum 200,000 fr. de recettes par an ?

Est-ce que les habiles directeurs qui le dirigent eussent fait près de 160,000 fr. de réparations, il y a un an, eussent consenti à payer un loyer de 8 à 10,000 fr., à donner l'entrée gratuite à 1,800 actionnaires, à supporter les frais énormes d'une troupe composée de plus de 200 personnes, et enfin à donner des fêtes dont le luminaire seul s'élevait à 1,500 fr., et tout cela avec l'espérance de faire une recette annuelle de 12,000 fr. ?

Ces habiles directeurs ne sont pas assez fous pour cela. S'ils n'ont pas reculé devant d'aussi formidables dépenses, c'est qu'ils comptaient sur des recettes suffisantes pour leur laisser, tous frais payés, un juste bénéfice.

Quelque paternelle que soit et que doive être l'administration chargée de veiller aux intérêts des pauvres, il semble qu'un abonnement de 3,000 fr. devant une recette de 200,000 fr. est par trop modeste.

Nous avons parlé plus haut de 1,800 actionnaires qui jouissent de leurs entrées gratuites au Château-des-Fleurs. Ces 1,800 entrées doivent-elles le droit des pauvres ? Nous n'hésitons pas à l'affirmer.

Qui doit le payer ? Nous disons : les directeurs !

La question a été jugée par le Tribunal Civil de la Seine le 17 avril 1844, confirmé par arrêt de la Cour en date du 8 avril 1845, dans une affaire Chabrier, propriétaire de la salle de l'Ambigu-Comique, contre Béraud.

Le propriétaire avait loué la salle 59,000 fr. par an, en se réservant la jouissance de plusieurs loges et d'un certain nombre d'entrées.

Le locataire eut la prétention de faire payer au propriétaire le droit des pauvres, soit sur les loges, soit sur les entrées.

Arrêt :

« Attendu qu'il résulte de l'ensemble des stipulations « contenues dans le bail consenti au profit de Béraud,

« qu'il paye une partie de son loyer en loges et entrées,
« c'est-à-dire, que s'il ne livrait pas de loges et n'accor-
« dait pas au bailleur un certain nombre d'entrées, il
« paierait un loyer plus considérable ;

« Attendu que la conséquence de cette convention est
« évidemment qu'il doit supporter tout ce qui est l'ac-
« cessoire de la location des loges et des entrées ;

« Par ces motifs, etc., Béraud est tenu de payer le droit
des pauvres. »

La position entre les actionnaires-locateurs et MM.
Fabre et Girard, preneurs, n'est-elle pas identique ? Le
droit des pauvres sur ces 1,800 actions est donc à leur
charge, et doit être payé par eux.

Ce chiffre représente-t-il une bagatelle dont il ne faut
pas tenir compte ? Voyons-le !

Nous avons dit 1,800 actionnaires environ ; en supposant qu'il n'en entre que 1,200 par fête, à deux
francs l'un, Hippodrome et Château-des-Fleurs compris,
nous trouvons tout de suite 2,400 francs qui, multipliés
par trente fêtes, présentent un total de 72,000 francs,
dont le quart acquis aux pauvres est de 18,000 francs.

Si nous ajoutons ces 18,000 francs aux 50,000,
produit de la recette casuelle, nous arrivons au chiffre
total de 68,000 francs que devrait payer aux pauvres
le Château-des-Fleurs.

Comme on le voit, il y a loin de ce total à la somme
modeste de 3,000 fr. payée par ces heureux directeurs.

Cet établissement mérite-t-il cette faveur par le but moral de son institution ou par la classe qui le fréquente?

Laissons parler son défenseur, il doit savoir la vérité, lui!

« Cependant le Château-des-Fleurs venait d'être en-
« vahi, il faut bien le reconnaître, bon Dieu! par une
« partie de la population qui demandait, elle aussi, son
« droit de cité, *conséquence fatale des grandes villes*, que
« l'on constate et que l'on oublie. Il fallait, dès lors,
« donner un nouveau but de promenade à nos femmes, à
« nos filles, où elles pussent librement, et sans craindre
« un *contact toujours humiliant,* respirer..... »

L'aveu est bon à recueillir, si c'est là la raison qui fait bénéficier le Château-des-Fleurs de plus de 60,000 francs par an, elle est étrange, convenez-en!

Voudrait-on prouver que les plaisirs de ces dames méritent assez de sollicitude pour faire subventionner par les pauvres l'établissement qu'elles *honorent* de leur présence?

Il vaut mieux croire que la conviction du défenseur a fait violence à sa prudence habituelle.

Le Casino et l'Alcazar doivent-ils le quart de leur recette aux pauvres? Oui! c'est la loi, rigoureuse si vous le voulez, mais c'est la loi. Nous entendons toutefois qu'elle soit appliquée avec cette *égalité* qu'on ne craint pas d'invoquer.

Au Château-des-Fleurs, le droit des pauvres doit frapper sur la totalité de la recette casuelle, parce qu'elle représente véritablement le droit d'entrée.

Au Casino et à l'Alcazar, il y a une distinction à faire : le droit des pauvres ne doit frapper que sur la moitié de la recette brute, parce qu'ainsi qu'il a été dit plus haut, le prix d'entrée est dissimulé sous le double du prix de la consommation.

Cette distinction, que ne fait pas le Conseil d'État, parce que devant la question de principes le droit est absolu, nous comprenons que l'administration des pauvres la fît, qu'au lieu de demander le quart que lui accorde la loi, sur la totalité de la recette, elle réduisît ses prétentions au huitième, en partant de ce raisonnement que le droit d'entrée n'est représenté que par le double du prix des consommations

Ce point de départ, le défenseur des cafés-chantants veut-il l'accepter, et dans ce cas quel résultat obtenons-nous ?

Les recettes de ces deux établissements peuvent, sans exagération, être portées chacune de 350 à 360,000 fr. par an. Ce serait donc sur une moyenne de 700,000 fr. qu'il faudrait calculer : le huitième donnerait un chiffre de 87,500 fr., soit environ 44,000 fr. pour chacun d'eux.

Ainsi, on le voit, en faisant au Casino et à l'Alcazar la concession de la moitié de leurs recettes, ce n'est pas 2,400 ou 3,600 fr. qu'ils devraient payer, mais 44 ou 45,000 fr. par an.

Maintenant, si nous additionnons ce que devraient ces trois établissements aux pauvres, nous arrivons à 155 mille francs passés, sur lesquels ils donnent 9,000 fr.

Ainsi, voilà des directeurs d'établissements chantants qui perçoivent du public, pour le compte des pauvres, une somme dont le minimum ne peut être moindre de 155,000 fr. par an, qui trouvent le moyen d'en conserver dans leurs mains plus de 140,000, et qui osent faire imprimer :

« *Ce que nous demandons, c'est égalité pour tous,* « *protection pour tous !* »

Égalité pour tous ! mais vous vous enrichissez des dépouilles des pauvres, quand le théâtre leur compte jusqu'au dernier centime qui leur est dû.

Protection ! mais vous êtes la cause de la ruine des théâtres ; vous tuez l'art comme les artistes ; dans quelques années, si l'on n'y met bon ordre, vous détruirez le goût des masses, aussi bien par la qualité des liquides dont vous les abreuvez, que par la littérature et la musique de bas étage qui constituent le répertoire de vos artistes chantants

Et juste au moment où le théâtre, par sa ruine, vient de prouver son impuissance à lutter contre la concurrence redoutable que vous lui faites ; juste au moment où le Conseil Municipal, pour faire vivre ce pauvre théâtre, vient d'augmenter sa subvention de 60,000 francs par an, vous avez le courage de faire imprimer que la situation théâtrale n'a jamais été plus prospère, et que, grâce à vous, son avenir est assuré.

Si cette brochure est une critique des actes de l'autorité, si elle a la prétention d'insinuer que les fonds municipaux sont gaspillés au profit des théâtres, elle a manqué son but : l'honorabilité de ceux que la confiance publique a investis du droit de sauvegarder ses intérêts est au-dessus de tout ce que peuvent dire ou faire écrire Messieurs les directeurs de cafés-chantants.

Comme il serait trop long, et quelque peu fatigant pour le lecteur, de relever une à une les nombreuses contradictions qui s'entrechoquent dans l'opuscule malencontreux du défenseur des cafés-concerts, nous nous bornerons à signaler, entr'autres, celles dont l'énormité frappe les yeux les moins clairvoyants

Parmi les arguments présentés pour la défense des cafés-chantants, on a cru devoir employer quelques chiffres. Comme vous le dites, Monsieur l'avocat : « Les chiffres sont brutaux et parlent haut. » Mais pour cela ils doivent être franchement, loyalement présentés. Pour les besoins d'une cause désespérée vous les avez groupés ces pauvres chiffres avec une fantaisie toute artistique.

Comme tout le monde n'a pas sous les yeux le tableau auquel vous les avez empruntés, permettez-moi de rétablir à côté des vôtres les *véritables*.

Vous voulez établir la comparaison des recettes, avant l'ouverture du Casino et de l'Alcazar, et celles des deux dernières années, au Grand-Théâtre.

Le plus simple était de prendre 1855-56 pour terme de comparaison ; mais cela ne faisait pas votre compte pour obtenir un résultat de fantaisie.

Vous avez trouvé commode de procéder ainsi :

Recette moyenne.	250,000	fr.
Abonnements	35,227	
Location des loges	59,966	
Total. . . .	345,193	fr.

A quelle année se rapportent ces chiffres, abonnements et location des loges, à 1855-56, probablement? Non ! vous avez trouvé plus ingénieux de descendre jusqu'à l'année 1852-53, et vous avez négligé de le dire, par erreur sans doute?

Pour établir une comparaison franche et réelle, il n'y avait qu'à mettre 1855-56 en regard de 1856-57 et 1857-58 :

1856-57.		Moyenne de 1856-57, 1857-58.	
Recette moyenne. . . .	250,000 fr.	Recette.	233,988 fr.
Abonnements	71,836	Abonnements	84,756
Location des loges. . .	65,893	Location des loges. . .	66,855
	387,729 fr.		385,599 fr.

Vous vous seriez aperçu alors qu'au lieu d'obtenir une augmentation de 101,000 francs, comme vous l'avancez, par erreur, je veux bien le croire, vous eussiez au contraire trouvé une différence en moins de 2,138 fr. ce qui fait la bagatelle totale de 103,000 francs. Cette erreur, on ne saurait vous l'imputer comme volontaire et préméditée, elle prouve que vous êtes plus éloquent que calculateur.

Une autre erreur, qu'il faut aussi relever, c'est celle résultant des chiffres choisis par vous pour établir la comparaison des dépenses appliquées aux artistes.

Vous dites : Il y a quelques années, la troupe coûtait 158,000 fr. ; elle coûte aujourd'hui 470,000 fr., et vous vous écriez : c'est une énormité !

Ce chiffre de 158,000 fr. que vous posez avec tant de complaisance, il eut été *convenable* (vous voyez que je suis poli !) d'indiquer qu'il se rapporte à 1833-34, c'est-à-dire à plus de vingt-cinq ans ; c'est sans doute encore un oubli involontaire de votre part.

De 1834 à 1854 le chiffre des appointements d'artistes avait doublé ; suivons-en la progression annuelle depuis :

1854-55	331,883 fr.
1855-56	354,577
1856-57	467,048
1857-58 ..... : .	469,783

Dans ces quatre dernières années l'augmentation a été de 137,900 fr.

Devant ces chiffres, que reste-t-il de vos argumentations, Monsieur l'avocat?

Avez-vous été plus heureux dans votre critique sur les dépenses? Le public en sera juge.

Le chiffre des dépenses, pendant 4 années, pour costumes, armures et décors, s'élève à 162,261 fr.; d'un trait de plume vous rayez comme inutile ce chiffre passablement rond. Vous ne voulez pas admettre qu'un directeur soit *forcé* de faire des dépenses de cette nature? Quoique l'argument ne soit pas sérieux, je vous l'abandonne; mais si vous ne voulez pas admettre cette dépense, bien réellement faite, pourquoi faites-vous figurer à la recette, 100,000 fr., prix de ces mêmes décors achetés par la ville?

Il faut être logique : si la ville a payé ce matériel 100,000 fr.; si vous portez cette somme en recette, vous ne pouvez pas retrancher du chapitre des dépenses, *comme inutile*, le prix de revient de ce même matériel.

Avouez que pour employer de pareils arguments, il ne faut pas en avoir d'autres à son service.

13,294 fr. de récompenses aux artistes en 4 années; cela vous effraye, Monsieur l'avocat, et vous vous écriez ironiquement : « C'est très bien, c'est d'un grand cœur; mais, ce n'est pas une dépense sérieuse. »

Le chapitre des récompenses serait-il inconnu de vos généreux clients? La façon dont on les défend, pourrait en faire douter.

Vous arrivez, enfin, à reprocher, comme excessif, 5,300 fr. de frais judiciaires, en 4 années. Voilà un reproche qui, sous la plume d'un avocat, étonnera bien des gens.

D'autre part l'auteur prétend (page 5), que *le chiffre exagéré des appointements de certains artistes semble avoir été favorisé, dans son énorme développement, par l'administration qui l'a laissé s'accroître.*

Dites-nous, ajoute l'auteur, *dites-nous de grâce en quoi, comment et pourquoi vous êtes directeur si privilégié, pour arriver à une pareille énormité, alors que dans tous les théâtres de France, s'il existe, il est vrai, une augmentation de traitement pour les artistes, elle est loin d'être si extraordinairement abusive.*

A la page 14, l'auteur affirme : *Il y a une pénurie telle de chanteurs, que les administrations théâtrales sont forcées de payer ceux qui restent à des prix fous !*

Nous le demandons à tout lecteur doué du moindre sens commun et de quelque bonne foi, est-il juste d'imputer à l'incurie ou à l'incapacité de la direction théâtrale de Marseille, l'augmentation continue et de plus en plus exagérée du traitement des artistes, quand on est *forcé* de convenir, quelques pages plus loin, de *l'obligation* où se trouvent les administrations théâtrales de subir l'inévitable effet de la *pénurie* des chanteurs !

Cette circonstance, indépendante de la volonté des directeurs, serait-elle par hasard, une cause de prospérité ?

Le défenseur trop intéressé du Casino et de l'Alcazar voudra-t-il maintenir ses assertions contradictoires, en présence des faits qui le condamnent?

Il affirme qu'il faut payer à des *prix fous* les *rares* chanteurs, et, de plus, que cette nécessité est commune à tous les théâtres;

Il n'est donc pas logique, et encore moins convenable de faire retomber sur l'administration de Marseille, la responsabilité personnelle d'un état de choses général en France.

Les cafés-concerts, dont on défend si maladroitement la cause, sont-ils appelés à rendre le moindre service à l'art, sous le rapport du drame lyrique ou de l'opéra?

Ne sont-ils pas plutôt une cause incessante de déchéance dramatique et musicale par la malheureuse facilité qu'ils offrent aux chanteurs, débutants ou non, de se produire devant un public, en général, peu versé dans les connaissances musicales, et beaucoup plus désireux de boire et de fumer que de savourer des ritournelles?

Est-il possible d'admettre que des artistes de quelque talent, puissent faire des progrès, en bornant leurs efforts à mériter les applaudissements d'auditeurs qui ne prêtent qu'une oreille distraite à l'exécution d'une musique servie par les entrepreneurs, comme un supplément de moka suspect et de bière équivoque.

Les chanteurs bien doués par la nature, ne sont-ils pas condamnés d'avance à voir dépérir et s'éteindre leurs facultés natives, dans ces étranges domaines de l'art lyrique, où la complaisance de l'auditoire, jointe à toutes les distractions, vient en aide à l'insuffisance de l'exécutant ?

En supposant même que telle ne soit pas la fatale influence des cafés-concerts sur les chanteurs et sur les habitués, la nature des morceaux qu'on y exécute peut-elle favoriser l'éducation progressive des artistes et du public ?

Accordons les plus brillantes qualités à certains individus égarés dans ces sortes d'établissements, qu'ils soient assez heureux pour y obtenir des succès plus ou moins authentiques, est-il vrai de dire que le programme habituel des Casinos et des Alcazars est propre à développer les facultés artistiques et musicales des sujets?

L'art est moral, avant tout ! Le défenseur intéressé et trop complaisant des cafés-concerts n'aura, sans doute, aucune répugnance à convenir de cet aphorisme littéraire. Eh ! bien, quelle est la moralité des chansons et des couplets plus ou moins poétiques, dont les cafés-concerts réservent la haute faveur à un public trop facile à séduire!

Les Folichons! le Punch Grassot ! les plus ignobles inspirations de la muse faubourienne! Les honteuses débauches de la bohême littéraire, les vilénies de la Courtille en goguette sont servies par les cafés-concerts, à ce public *de pauvres ouvriers* (sic), qui viennent avec leurs femmes, leurs enfants, au sortir de leurs simples demeures, empoisonner leur esprit et leur cœur avec les refrains obscènes des Casinos et autres Alcazars, qui ont la prétention de se poser comme de modestes lieux de *délassement*, quand ils ne sont, par le fait, que des débits d'alcool et de bière avec accompagnement de cornet à piston et de grosse caisse.

Oh ! défenseur des cafés-concerts, vous ne seriez peut-être pas répréhensible, si quelque grain de pudeur se mêlait à vos diatribes déclamatoires contre la direction des théâtres !

Vous avez éprouvé le délire de l'aberration, pour ne pas dire autrement, quand vous avez écrit, *à l'honneur* des cafés-chantants, que *la classe laborieuse de Marseille* mérite qu'on lui ménage ce qui lui plaît, ce qui lui faut, ce qui LA MORALISE !! Et c'est au Casino que vous faites allusion, c'est à l'Alcazar que vous reportez votre intention, quand vous désignez les établissements qui *moralisent*. Laissez-nous donc répéter les paroles de Molière : Où la vertu va-t-elle se nicher ?

C'est au Casino qu'on enseigne la morale ! c'est à l'Alcazar qu'on trouve l'école de la vertu. Mais l'avocat des cafés-concerts serait-il un homme dépourvu de sens moral ? Non, sans doute !

Serait-il ignorant, par hasard, de la poésie cynique, effrontée, que l'on jette si souvent, et sous pretexte *d'art*, à l'oreille du *pauvre ouvrier* et de sa famille. Eh ! quoi, les vils rebuts des refrains bachiques, les grimaces empruntées aux tréteaux de la foire, les ritournelles grincées sur des violons indiscrets, sont-ils l'appareil

artistique de *la moralité* que l'on enseigne au Casino,
que l'on prêche à l'Alcazar?

L'accusateur trop intéressé et trop inconséquent de
la direction théâtrale n'ignore pas que les cafés-concerts
ne sont et ne peuvent être, jusqu'à ce jour du moins,
que de vastes débits de consommations équivoques, et
dont les entrepreneurs se cachent sous un masque peu
artistique.

Le détracteur de l'administration théâtrale n'a rien à
apprendre sous ce rapport, et aussi bien que nous, il sait
à quoi s'en tenir sur la valeur lyrique et surtout morale
des cafés-concerts ; mais s'il ne peut se faire illusion à
lui-même, pourquoi voudrait-on l'empêcher de séduire
ses lecteurs ; pourquoi lui serait-il interdit d'entrepren-
dre la défense d'une thèse impossible !

Oh ! s'il avait pu *prouver* la moralité de l'art frelaté,
de la littérature véreuse du Casino et de l'Alcazar, l'ad-
versaire de l'administration théâtrale aurait eu droit à la
plus vive reconnaissance de *ses amis !* mais hélas ! il n'a
rien prouvé, car il ne pouvait rien prouver, malgré le
ton déclamatoire, et malgré la boursoufflure de ses excla-
mations asthmatiques !..

Mais aussi quel déboire pour ce partisan des vertus
théoriques et pratiques du Casino et de l'Alcazar ! Il allait
monter d'un demi ton sa chanterelle par trop enrouée,
il allait écrire un dythrambe en prose sur la moralité
du *Château-des-Fleurs*, de ce jardin-concert dont la
réputation est faite ! oui ! et très bien faite !

Il avait une vive impatience et une ardeur immodérée de faire l'éloge des qualités morales du Château-des-Fleurs, mais hélas ! voilà son élan tout-à-coup arrêté ! Ici l'avocat du Casino et de l'Alcazar est obligé de convenir que « le « Château-des-Fleurs venait d'être envahi par une partie « de la population qui demandait, elle aussi, son droit « de cité, conséquence fatale des grandes villes, que l'on « constate et que l'on oublie ! »

Quelle est donc cette partie de la population, *cette fatale conséquence* des grandes villes ! (pour répéter le style baroque de l'auteur.)

Cette partie de la population est celle qui a forcé les honnêtes gens et notre antagoniste à faire cet aveu :

« Il fallait, dit-on, donner un nouveau but de prome- « nade à nos femmes, à nos filles, où elles pussent libre- « ment, sans craindre un contact toujours humiliant, « respirer la brise de mer, etc. »

Ah ! cher défenseur du Casino, vous voilà donc em- barrassé *avec* le Château-des-Fleurs. Ici l'excès de votre zèle oratoire vous fait défaut et vous êtes réduit à mettre la sourdine sur la chanterelle de votre enthousiasme *désintéressé !*

Il y a, pour les honnêtes femmes, *un contact humi- liant* au Château-des-Fleurs ! Serait-ce par hasard la faute de l'administration théâtrale si le Château-des- Fleurs est d'un tout petit degré au-dessous du Casino et de l'Alcazar, sous le rapport moral, bien entendu, car pour la valeur artistique et lyrique, le Château-des-Fleurs n'est pas en reste avec *ses amis* de la ville , avec les cafés-concerts *intra-muros*.

Avouez-le donc, sans honte, Monsieur l'avocat, vous avez voulu donner le change à vos lecteurs ; vous avez, du reste, senti le besoin d'égarer l'opinion sur le point vrai de la question.

De quoi s'agit-il ?

D'une question de légalité.

Les cafés-concerts doivent-ils, oui ou non, le droit des pauvres ?

Si oui, laissez le théâtre et ne prodiguez pas les insinuations malveillantes à l'administration.

Il paraît de plus, et cela ressort contre vous, de votre propre *factum*, que les mauvaises causes ne sont pas toujours servies par de meilleurs moyens.

Il paraît que l'inconséquence de votre thèse devait rejaillir sur le choix des preuves à l'appui.

1° Vous n'avez prouvé ni l'utilité ni la moralité des cafés-concerts. . .

2° Vous plaidez en leur faveur là circonstance atténuante, et c'est aux barrières de l'octroi que vous allez recourir pour chercher une preuve.... dérisoire autant que nulle en faveur de l'Alcazar et du Casino.

Il faut avoir lu vos phrases, pour croire qu'une main téméraire en ait pu tracer les lignes, et qu'un esprit mal inspiré en a pu concevoir la pensée !

« Chacun sait, dites-vous, les droits énormes perçus à l'entrée de notre ville et dans l'intérêt de l'octroi, sur

les alcools, les liqueurs, la glace, les matières premières
servant à la confection de la bière, et chacun sait aussi
que ce sont là les principales, nous pourrions dire les
seules consommations faites dans les cafés-concerts. Il
serait curieux d'étudier ce que produit cet impôt qui
frappe ces établissements et peut être arriverions-nous
à prouver que ce sont eux, en définitive, qui subven-
tionnent les théâtres, ou tout au moins, qui allègent
considérablement le poids que la ville s'est imposé.

« Qu'on ferme les cafés-concerts et nous verrons
cette somme de revenus disparaître complétement sans
aucune compensation. »

Vraiment, nous n'avons pu résister au plaisir de re-
produire *in extenso* cet argument final, à l'appui des
cafés-concerts et contre l'administration théâtrale.

On consomme des liqueurs au Casino, on consomme
des alcools à l'Alcazar, et la caisse municipale perçoit
des droits d'octroi qui sont payés, sans doute, par les
entrepreneurs du Casino et de l'Alcazar. Est-ce que les
consommateurs et les visiteurs de ces établissements
ne seraient pas les vrais contribuables, dans ce sens.
Mais, passons ; quels que soient les tributaires des droits
d'octroi, et le montant de ces droits qui *allègent* considérablement *le poids que la ville s'est imposé*, à qui
ferez-vous croire que le Casino et l'Alcazar ne doivent
pas payer le droit des pauvres conformément à la loi,
parce que les cafés plus ou moins concerts débitent des
alcools.

Le sucre et le café ne doivent rien à l'octroi, Monsieur l'avocat de l'Alcazar ; si les consommations de ces établissements n'étaient pas autres que le café et le sucre, vous manqueriez donc d'un argument contre les théâtres!

Quoi de commun, s'il vous plaît, entre les deniers perçus par la ville, et la nécessité de soumettre les cafés-concerts aux prescriptions de la loi ; c'est parce que vous vendez de l'alcool, que vous ne devez pas le droit des pauvres! C'est parce que vous servez des petits verres de cognac, que vous prétendez vous soustraire à l'accomplissement de vos devoirs!

Fatal aveuglement d'un esprit prévenu, d'un contradicteur emporté par la passion!

Que demain, par exemple, les alcools et les liqueurs soient exempts de tout droit à l'entrée des villes, et le Casino et l'Alcazar reconnaissant, par le fait, qu'ils ne remplissent plus la caisse municipale, voudront-ils admettre qu'ils sont redevables du droit des pauvres! Ces messieurs auraient-ils la générosité de réduire le tarif de leurs consommations ou de verser la plus-value dans la caisse de la bienfaisance publique! Que l'on cesse donc de mendier de piètres arguments à l'appui d'une mauvaise cause; que l'on se taise, si l'on ne peut parler sans insulter, à la fois, et la justice et le bon sens ; et que l'on fasse moins de difficulté à se rendre à l'évidence la plus manifeste.

Résumons-nous, Monsieur l'Avocat : vous avez voulu démontrer la prospérité des théâtres, et vous n'avez pas pu même démontrer la valeur artistique et morale des cafés-concerts.

Car, on né prouve pas contre l'évidence.

Vous aviez pris la plume pour rédiger un acte d'accusation contre l'administration théâtrale, tandis qu'il fallait prouver que le Casino et l'Alcazar ne doivent pas payer le droit des pauvres.

Vous avez prodigué la malveillance et la suspicion contre la municipalité elle-même, car, vous avez mis en doute la sincérité du budget des dépenses, et pourtant vous n'ignorez pas que l'autorité municipale exerce un contrôle sévère et incessant sur l'administration des théâtres.

Vous n'ignorez pas que l'agent particulier, chargé de cette mission, est délégué par le maire lui-même.

Mais il vous était plus facile de répandre des insinuations, que d'établir une seule preuve contre le *DROIT DES PAUVRES!!!*

Errata.
—

Page 5, ligne 4, au lieu de : *du moins ils avaient fait,*
        lisez :   du moins, d'une façon convenable;
                ils avaient fait.
Page 19, ligne 10, au lieu de : *au profit des pauvres,*
        lisez :   *au préjudice des pauvres.*

www.ingramcontent.com/pod-product-compliance
Lightning Source LLC
Chambersburg PA
CBHW060842180626
46818CB00004B/1552